DE NATURA FLORUM

DE NATURA FLORUM

CLARICE LISPECTOR

ILUSTRAÇÕES
ELENA ODRIOZOLA

edição
ALEJANDRO G. SCHNETZER

SÃO PAULO
MMXXI

© Paulo Gurgel Valente, 2021
© ilustrações by Elena Odriozola, 2021
1ª Edição, Global Editora, São Paulo 2021

Jefferson L. Alves – diretor editorial
Gustavo Henrique Tuna – gerente editorial
Flávio Samuel – gerente de produção
Alejandro García Schnetzer – projeto editorial
Juliana Campoi – coordenadora editorial e revisão
Elena Odriozola – ilustrações e projeto gráfico

"De natura florum" foi originalmente publicado no *Jornal do Brasil*, Caderno B, Rio de Janeiro, em 3 de abril de 1971.

Dados Internacionais de Catalogação na Publicação (CIP)
(Câmara Brasileira do Livro, SP, Brasil)

Lispector, Clarice, 1920-1977
 De natura florum / Clarice Lispector ;
ilustrações Elena Odriozola. – 1. ed. – São Paulo :
Global Editora, 2021.

 ISBN 978-65-5612-105-5

 1. Literatura infantojuvenil 2. Poesia –
Literatura infantojuvenil I. Odriozoia, Elena.
II. Título.

21-60954 CDD-028.5

Índices para catálogo sistemático:
1. Poesia : Literatura infantil 028.5
2. Poesia : Literatura infantojuvenil 028.5

Maria Alice Ferreira – Bibliotecária – CRB-8/7964

Obra atualizada conforme o
NOVO ACORDO ORTOGRÁFICO DA LÍNGUA PORTUGUESA

global
editora

Global Editora e Distribuidora Ltda.
Rua Pirapitingui, 111 – Liberdade
CEP 01508-020 – São Paulo – SP
Tel.: (11) 3277-7999
e-mail: global@globaleditora.com.br

(g) globaleditora.com.br   (🐦) /globaleditora
(💬) blog.globaleditora.com.br   (📷) /globaleditora
(▶) /globaleditora   (in) /globaleditora
(f) /globaleditora

Direitos reservados.
Colabore com a produção científica e cultural.
Proibida a reprodução total ou parcial desta obra
sem a autorização do editor.

Nº de Catálogo: **4502**

*E plantou Javé Deus um jardim no Éden,
que fica no Oriente, e colocou nele
o ser que formara.*
(Gen 2, 8)

Néctar

Suco doce que muitas flores contêm e que os insetos buscam com avidez.

Pistilo

Órgão feminino da flor, que geralmente ocupa seu centro e contém o rudimento da semente.

Pólen

Pó fecundante produzido nos estames e contido nas anteras.

Estame

Órgão masculino da flor, composto pelo estilete e pela antera na sua parte inferior, em torno do pistilo que, como acima foi dito, é o órgão feminino da flor.

Fecundação

União de dois elementos de geração (masculino e feminino), da qual resulta o fruto fértil.

Rosa

É a flor feminina, dá-se toda e tanto
que para ela própria só resta a alegria
de se ter dado. Seu perfume é de um
mistério feminino: se profundamente
aspirada, toca no fundo do coração
e deixa o corpo todo perfumado.
O modo de ela se abrir em mulher é
belíssimo. Suas pétalas têm um gosto
bom na boca, é só experimentar.
As vermelhas ou as *príncipe negro* são de
grande sensualidade. As amarelas dão
um alarma alegre. As brancas são a
paz. As cor-de-rosa são em geral mais
carnudas e têm a cor por excelência.
As alaranjadas são sexualmente atraentes.

Cravo

Tem uma agressividade que vem de certa irritação. São ásperas e arrebitadas as pontas de suas pétalas. O perfume do cravo é de algum modo mortal. Os cravos vermelhos berram em violenta beleza. Como transplantar o cravo para a tela?

Girassol

É o grande filho do Sol, tanto que já nasce com o instinto de virar sua enorme corola para o lado de sua mãe. Não importa se o Sol é pai ou mãe, não sei. Será o girassol flor feminina ou masculina? Acho masculina. Mas uma coisa é certa: o girassol é russo, provavelmente ucraniano.

Violeta

É introvertida, sua introspecção é profunda. Ela não se esconde, como dizem, por modéstia. Ela se esconde para poder entender o seu próprio segredo. O seu perfume é uma glória mas que exige da pessoa uma busca: seu perfume diz o que não se pode dizer. Um ramo de violetas equivale a "ama os outros como a ti mesmo".

Sempre-viva

É uma sempre morta. Sua secura tende à eternidade. Seu nome em grego quer dizer *sol de ouro*.

Margarida

É uma flor alegrezinha. É simples:
só tem uma camada de pétalas.
Seu centro amarelo é uma
brincadeira infantil.

Palma

Não tem perfume.
Ela se dá altivamente – pois
é altiva – em forma e cor.
É francamente masculina.

Orquídea

É formosa, é *exquise* e antipática.
Não é espontânea. Ela quer redoma.
Mas é uma mulher esplendorosa,
isto não se pode negar. Também não
se pode negar que é nobre: é epífita,
isto é, nasce sobre outra planta sem
contudo tirar dela a sua nutrição.
Minto: adoro orquídeas.

Tulipa

Só é tulipa quando em largo campo coberto delas, como na Holanda. Uma única tulipa simplesmente não é.

Florzinha dos trigais

Só dá no meio do trigo. Tem na sua humildade a ousadia de se mostrar em diversas formas e cores. A flor do trigal é bíblica. Na Espanha é usada para enfeitar os presépios, junto a ramos de trigo, do qual jamais se separa.

Angélica

Tem um perfume de capela. Traz êxtase místico. Lembra a hóstia. Muitos têm vontade de comê-la e encher a boca com o seu perfume intenso e sagrado.

Jasmim

É dos namorados: eles andam de mãos dadas balançando os braços, e se dão beijinhos suaves, eu diria *ao som* odorante do jasmim.

Estrelícia

É masculina por excelência.
Tem uma agressividade de amor
e de sadio orgulho. Parece ter crista
de galo e, como o galo, tem o seu
canto, só que não espera pela aurora
– quando se a vê realmente, ela dá
o seu grito visual de saudação ao
mundo, que este é sempre nascente
e portanto sempre está em aurora.

Azaleia

Há quem a chame de azálea, mas prefiro mesmo azaleia. É espiritual e leve; é uma flor feliz e que dá felicidade. Ela é humildemente bela. As pessoas que se chamam Azaleia – como minha amiga Azaleia – adquirem as qualidades da flor: é uma alegria pura lidar com elas. Recebi de Azaleia muitas azaleias brancas que perfumaram a sala toda.

Dama-da-noite

Tem perfume de lua cheia.
É fantasmagórica e um pouco
assustadora: só sai à noite,
com seu cheiro embriagador,
misterioso, silente. É também
das esquinas desertas e em trevas,
dos jardins de casas de luzes apagadas
e janelas fechadas. É perigosa.

Flor de cactos

A flor de cactos é suculenta, às vezes
grande, cheirosa e de cor brilhante:
vermelha, amarela e branca.
É a vingança sumarenta que ela faz
para a planta desértica: é o esplendor
nascendo da esterilidade despótica.

Edelvais

Encontra-se apenas nas grandes alturas, embora nunca acima de 3400 metros de altitude. Essa Rainha dos Alpes, como também é chamada, é o símbolo da conquista do homem. É branca e lanosa. Raramente atingível: é uma aspiração humana.

Gerânio

Flor de canteiro de janela na Suíça, em São Paulo, no Grajaú. Tem o sarcófilo, isto é, folha suculenta, muito cheiroso.

Vitória-régia

No Jardim Botânico do Rio há enormes, até quase dois metros de diâmetro. Aquáticas, lindas de morrer. Elas são o Brasil grande. Evoluentes: no primeiro dia brancas, depois rosadas ou mesmo avermelhadas. Espalham grande tranquilidade. A um tempo majestosas e simples. Apesar de viverem no nível das águas, elas dão sombra.

Crisântemo

É de alegria profunda.
Fala através da cor e do despenteado.
É flor que descabeladamente controla
a própria selvageria.

NOTA DA EDITORA

De 1967 a 1973 Clarice Lispector manteve uma coluna no *Jornal do Brasil*. No dia 3 de abril de 1971 publicou o texto "De natura florum". Posteriormente à publicação da crônica no referido jornal, a escritora reelaborou-a visando a inclusão em *Água viva*, sendo posteriormente publicada na antologia *A descoberta do mundo*.

Em 2020, ano do centenário de nascimento de Clarice, a editora madrilenha Nórdica Libros publicou *De natura florum*, numa bela edição traduzida por Alejandro G. Schnetzer e ilustrada por Elena Odriozola. E esta magnífica criação literário-imagética, a Global Editora tem agora a satisfação de apresentar ao leitor de língua portuguesa.

O livro traz ao todo 24 entradas/verbetes, sendo que as 5 primeiras relacionam-se ao processo de floração e as demais 19 tratam de diferentes espécies de flores, tudo a partir de uma ótica bastante pessoal desenvolvida com tenacidade e perspicácia pela escritora.

Como é possível captar, as ilustrações da premiada artista espanhola Elena Odriozola que integram a edição sintonizam-se com as observações repletas de intensidade concebidas por Clarice sobre o universo das flores.

CLARICE LISPECTOR

Clarice Lispector nasceu em Chechelnyk na Ucrânia, em 1920, e com 2 anos chegou ao Brasil. Romancista, contista, cronista, tradutora e jornalista, produziu uma obra reconhecida como original no Brasil e no exterior. Já em seu romance de estreia, *Perto do coração selvagem* (1943), Clarice recebeu críticas elogiosas. Seus livros mais famosos são *Laços de família* (1960), *A paixão segundo G.H.* (1964), *Água viva* (1973) e *A hora da estrela* (1977). Faleceu em 1977, no Rio de Janeiro.

ELENA ODRIOZOLA

Elena Odriozola nasceu em San Sebastián, Espanha, em 1967. Estudou arte e decoração, e já ilustrou mais de 100 livros infantojuvenis, publicados em vários países. Recebeu diversos prêmios, como o Prêmio Euskadi de Ilustração da Espanha (2009 e 2013), CJ Picture Book da Coreia do Sul (2010), Prêmio Junceda Internacional (2014), Prêmio Nacional de Ilustração do Ministério de Cultura da Espanha (2015) e o Prêmio Golden Apple da Bienal de Ilustração de Bratislava, Eslováquia (2015).